SUR L'ORIGINE

ET LA SIGNIFICATION

DES

ROMANS DU SAINT-GRAAL,

PAR

M. F. G. BERGMANN,

PROFESSEUR A LA FACULTÉ DES LETTRES DE STRASBOURG, MEMBRE DE LA SOCIÉTÉ ROYALE
DES ANTIQUAIRES DU NORD A COPENHAGUE.

STRASBOURG,

IMPRIMERIE DE G. SILBERMANN, PLACE SAINT-THOMAS, 3.

1842.

SUR L'ORIGINE ET LA SIGNIFICATION

DES

ROMANS DU SAINT-GRAAL.

De toutes les productions littéraires du moyen âge, les épopées, ou, pour mieux dire, les romans chevaleresques qui composent ce qu'on a appelé *le cycle épique du Saint-Graal*, sont ceux qui nous initient de la manière la plus intime au génie individuel de ces temps, et nous révèlent le mieux ce qu'il y avait de beau, de grand et de vrai, comme aussi ce qu'il y avait d'insuffisant et d'incomplet dans ses conceptions. Composés à une époque où le moyen âge, à mesure qu'il s'approchait de son apogée, sortait de son état instinctif et commençait à raisonner ses idées et ses tendances, ces romans portent dans le fond et dans la forme le cachet de l'invention réfléchie et de l'art raisonné. C'est aussi principalement sous ce rapport qu'ils diffèrent de la plupart des anciennes poésies épiques dans lesquelles la fiction est subordonnée à la tradition, et c'est pour cette raison qu'ils méritent le nom de *romans* plutôt que celui d'*épopées* proprement dites. Pour saisir la signification et les détails de ces romans, il faut connaître les idées qui en constituent le fond et les éléments poétiques qui en composent la forme.

Les romans du Saint-Graal doivent leur origine principalement à cinq auteurs, dont deux, maître Guyot, surnommé *le Provençal,* et maître Chrétien de Troyes, sont des trouvères français; deux des poëtes allemands, Wolfram, seigneur d'Eschenbach, et Albrecht, seigneur de Scharfenberg :

1.

le cinquième est un ecclésiastique anglais, Walter Mapes, chapelain du roi Henri II et archidiacre d'Oxford. Nous montrerons dans ce mémoire d'abord comment Guyot, le premier, a conçu l'idée du Saint-Graal, et quels éléments poétiques, soit traditionnels, soit de son invention, il a fait entrer dans cette composition. Nous examinerons ensuite comment cette conception première a été élaborée et modifiée plus ou moins par les poëtes qui ont traité le même sujet d'après l'exemple de Guyot.

La gloire d'avoir imaginé la fable du Saint-Graal revient de droit à Guyot *le Provençal*. Cependant tout ce qu'on sait de ce poëte et de son ouvrage repose uniquement sur quelques données fournies par son imitateur allemand Wolfram d'Eschenbach, et encore ces données peu explicites sont-elles en grande partie fictives ou erronées. Le véritable nom du poëte français était Guyot, et non pas Kyot, comme il est écrit dans Wolfram. L'origine de ce dernier nom défiguré s'explique facilement par la prononciation du poëte allemand, qui, ne sachant ni lire ni écrire lui-même, dicta ce nom à son clerc, également allemand, lequel l'écrivit tel qu'il l'entendit prononcer par son maître. Guyot naquit vers le milieu du douzième siècle et florissait dans le cours de 1160 à 1180. Si l'on rapproche tous les détails relatifs à ce poëte, on peut établir avec assez de certitude qu'il était originaire du duché d'Anjou, et cette induction, qui n'est contredite par aucune circonstance, rend seule possible l'explication de certaines particularités que l'on remarque dans son poëme.

Guyot n'appartenait ni à la noblesse, ni au clergé; il était simple roturier laïque, ce qui est clairement indiqué et suffisamment prouvé par le titre de *maître* (*Meister*), que lui donne ordinairement Wolfram d'Eschenbach (1).

Guyot paraît avoir achevé son éducation littéraire et philosophique dans cette partie de la France méridionale que de son temps on comprenait sous le nom de province de Saint-Giles (*Provincia S. Ægidii*), et qui était en rapport politique et littéraire avec l'Espagne supérieure. C'est aussi en Espagne, à Tolède, que Guyot a passé quelque temps à étudier sous la direction des savants docteurs arabes. Son goût pour la littérature du midi, ses voyages et son séjour dans ce pays, alors le plus civilisé et le plus éclairé du monde, et peut-être, plus que toute autre chose, les tendances religieuses et philosophiques qu'il y avait puisées, ont sans doute été cause que ses compatriotes lui firent donner le surnom ou le sobriquet de *Provençal*.

Guyot, originaire, comme nous croyons devoir l'admettre, du duché d'Anjou, écrivait dans un dialecte qui était plus rapproché des idiomes du nord que de ceux du midi de la France. Aussi Wolfram d'Eschenbach le nomme-t-il un idiome *français* (*franzoys*); et, en effet, les mots que le poëte allemand a empruntés au poëme de son prédécesseur appartiennent à un dialecte de la langue d'oïl, à l'exception toutefois de certains noms provençaux auxquels le poëte a dû naturellement conserver leur forme méridionale.

Le roman en vers du poëte angevin malheureusement n'existe plus, et nous ne pouvons en juger que d'après l'imitation qu'en a faite Wolfram

______

(1) Si Guyot avait été prêtre, Wolfram n'aurait pas manqué de lui donner ce titre; s'il avait été noble, le poëte allemand lui aurait donné le titre de seigneur (*Herr*).

d'Eschenbach. Quant à l'origine de ce roman, le poëte allemand rapporte que maître Guyot le Provençal a trouvé à Tolède un livre arabe composé par un astrologue nommé Flégétanis, et renfermant l'histoire du vase merveilleux nommé *Grâl*, qui planait d'abord dans l'air et qui ensuite, déposé à terre par des anges, fut gardé par des chrétiens fidèles. Il ajoute que Guyot a fait des recherches dans les chroniques latines de la Bretagne, de l'Irlande et de la France, et qu'enfin il a trouvé l'histoire du Graal racontée dans une chronique d'Anjou. Cette indication fournie par le poëte allemand ne nous semble pas renfermer un grand fond de vérité. Il est vrai que Guyot, à l'exemple de presque tous les poëtes de son temps, pour faire parade et tirer vanité de son érudition, a pu parler de Flégétanis et d'un livre arabe comme d'une source où il a puisé quelques détails de son poëme. Mais Flégétanis ne saurait être en aucun cas un nom propre arabe, et par conséquent tout ce que Wolfram rapporte de ce prétendu personnage est de son invention ou bien de celle de Guyot. Le nom de Flégétanis pourrait bien être la transcription latine de *Feleke-Dâněh*, mot composé persan qui signifie astrologue ou astronome, et dans ce cas, ce serait le titre d'un ouvrage astrologique traduit en latin, et que Guyot aurait trouvé occasion d'étudier pendant son séjour à Tolède. Quoi qu'il en soit, ce qui est hors de doute, c'est que l'histoire ou la fable du Graal n'a existé ni dans les livres arabes, ni espagnols, ni dans les chroniques latines de France ou de Bretagne, mais elle doit son origine à Guyot, qui l'a imaginée et composée avec des éléments poétiques, dont la plupart, il est vrai, étaient traditionnels, mais qu'il a combinés d'une manière nouvelle en les rattachant à une idée philosophique qui lui appartenait en propre, en même temps qu'elle était l'expression et le résultat naturel des tendances et de l'esprit de son temps. En effet, du temps de Guyot, les deux idées dominantes du moyen âge, la religion et la féodalité, venaient de se réaliser dans le clergé et dans la chevalerie. Ces deux institutions devaient bientôt aboutir d'un côté à l'autorité suprême de la papauté, de l'autre au pouvoir monarchique des rois ; ces deux puissances rivales, dont chacune tendait à devenir absolue, ne pouvaient pas longtemps exister ensemble sans se froisser en maintes occasions. Pour éviter la lutte, il aurait fallu réunir l'une et l'autre autorité par une fusion égale et paisible ; mais malheureusement la lutte entre le pouvoir séculier et le pouvoir sacerdotal devint la destinée fatale du moyen âge, tandis que la fusion resta simplement un vœu du temps, l'idéal du poëte et du philosophe. En voyant le respect et l'autorité dont jouissaient le chevalier et le prêtre, on était naturellement amené à penser que la plus belle destinée humaine serait celle de réunir l'une et l'autre qualité, soit comme prêtre-chevalier, soit comme chevalier-prêtre. L'Église elle-même, éprise un instant de ce bel idéal, voulut une fois le réaliser ; elle fonda l'ordre des *Templiers*, dans lequel cependant, dans sa pensée, l'élément ecclésiastique devait dominer sur l'élément séculier ; mais elle eut bientôt lieu de se repentir d'avoir créé une institution qui de jour en jour montrait des tendances plus prononcées à effacer peu à peu en soi l'esprit sacerdotal par la splendeur mondaine de la chevalerie. Ces tendances étaient d'ailleurs favorisées et soutenues par l'esprit anticlérical des Albigeois, qui étaient très-répandus dans le midi de la France, où l'ordre des Templiers avait un grand nombre de ses plus riches établissements.

C'est probablement aussi sous l'influence de cet esprit que notre poëte, pendant son séjour dans la Provence, conçut l'idée d'une chevalerie et d'une royauté sacerdotale qui, dans sa pensée, fussent les gardiennes du salut temporel et spirituel de l'humanité, de la même manière que le pape et le clergé catholique représentaient la royauté et la milice qui veillait au salut de l'Église. Ne pouvant pas réaliser par l'histoire cette idée qui lui semblait si belle, il voulut du moins la réaliser par l'art, par la poésie, le seul moyen dont puisse disposer à son gré l'homme de génie. Il se proposa de montrer dans son poëme comment le véritable chevalier, par ses actions et par ses vertus, se rend digne de la plus haute destinée qu'un homme puisse atteindre, à savoir de la royauté sacerdotale, à laquelle, du reste, il fallait être appelé et par droit de naissance et par la grâce de Dieu. Le salut temporel et spirituel, dont la garde devait être confiée à la chevalerie sacerdotale, le poëte l'exprimait sous le symbole d'un vase sacré. C'est que, d'après les symboles de l'Orient et du moyen âge, l'élément limpide et transparent, l'eau, et par suite le vase ou le bassin qui la renfermait, étaient des images de la pureté et de la vérité, et par suite des symboles de la sagesse et du salut.

Nous perdrions de vue le but principal de ce mémoire, si nous entrions ici dans des détails concernant l'origine de ce symbole, et son usage fréquent dans les religions, les mythologies et les traditions populaires de l'Asie et de l'Europe. Contentons-nous de rappeler les mythes dont ce symbole forme la base, comme, par exemple, les mythes scandinaves sur la fontaine d'Urd et la fontaine de Mimir, qui sont les sources de la sagesse d'Odin et des Iotes (1). Rappelons-nous que les fées, si renommées par leur sagesse, vivaient dans les lacs, dans les rivières; rappelons la personnification de la sagesse elle-même, qui, selon la fable, habitait dans un puits. C'est moyennant une coupe ou un vase renfermant de l'eau pure qu'on prédisait l'avenir en Orient et dans quelques contrées de l'Europe. La poésie, que l'on peut nommer à juste titre la sagesse des nations, était représentée par les Skaldes du nord et les bardes bretons, sous la forme symbolique d'un vase rempli d'un liquide précieux : de là le mythe scandinave sur le vase de Quasir ; de là encore, chez les Bretons, les mystères du bassin magique de Céridwen, la déesse de la poésie ; enfin, rappelons surtout la célèbre coupe de Djemschid, qui n'était que le symbole du salut, du bonheur et de l'abondance dont jouissait le peuple sous le règne de cet illustre roi de Perse. C'est peut-être ce dernier mythe, expliqué dans quelque ouvrage arabe, ou bien celui du vase de Céridwen, renfermé dans quelque livre breton, qui a déterminé notre poëte à choisir le vase pour symbole du salut temporel et spirituel, dont il confiait la garde à sa chevalerie sacerdotale.

En basse latinité, le mot qui signifie vase, coupe ou écuelle, était le nom masculin *gradalis* ou le neutre *gradale* (2). Les idiomes du midi de la France ayant conservé presque intactes les formes des mots latins, ont seulement changé la dentale moyenne *d* en dentale sifflante *s* ou *z*, de sorte qu'aujourd'hui, dans quelques contrées du midi, un *grasal* ou une *grazole* signifient une terrine (3). Dans les dialectes de la France septen-

---

(1) Voy. *Poëmes islandais*, p. 229.
(2) Voy. Ducange.
(3) Voy. Borel, *Trésor des antiquités françaises*. Il ne faut pas confondre le mot provençal *grazal*

trionale, les consonnes par lesquelles se terminaient les syllabes des mots latins ont été retranchées ou modifiées; et, par conséquent, *grad-alis* et *grad-ale* ont dû se transformer régulièrement en *gra-alz* et *gra-al* (1). Telle était en effet la forme de ces mots dans les dialectes bourguignons qui formaient la transition de la langue d'oïl à la langue d'oc. Les dialectes picards et normands, qui aimaient à amincir la prononciation des voyelles, ont, à la place de *Graal*, adopté la forme de *Gréal* (2), que les Normands ont aussi introduite en Angleterre.

Guyot-le-Provençal, originaire, comme nous l'avons admis, du duché d'Anjou, écrivant par conséquent dans un dialecte français très-rapproché de celui de la Bourgogne, trouvait dans son pays l'expression de Graal pour désigner un vase; et ce qui prouve que réellement il s'en est servi pour désigner le vase sacré, c'est l'usage qu'ont fait du même mot ses imitateurs immédiats, Chrétien de Troyes et Wolfram d'Eschenbach.

Le vase sacré ou le Saint-Graal, symbole de la grâce et du salut, se trouve placé, d'après la fiction de Guyot, dans un temple sous la garde des chevaliers *Templeis* ou *Templois* (3). Ce nom rappelle celui des Templiers que le poëte copiait et idéalisait dans son poëme.

Le temple du Graal se trouve sur une montagne au milieu d'une épaisse forêt, ce qui indique symboliquement l'élévation morale et la sainteté de ce lieu, dont personne ne peut approcher que par la grâce divine. Et de même que le mont Mérou des Indous et le mont Olympe des Grecs sont reculés par la poésie mythologique dans un lointain mystérieux, de même notre poëte a placé la montagne du Graal loin de sa patrie, au delà des Pyrénées, en Espagne. C'est pour cette raison qu'il lui a donné le nom catalan de *Mont salvagge* (montagne sauvage ou inaccessible). Le Graal, selon Guyot, est fait d'une pierre merveilleuse nommée *Exillis*, et qui était jadis la plus brillante de la couronne de l'archange Lucifer. Ce vase fut apporté du ciel par des anges et confié à Titurel, le premier roi du Graal, qui le transmit à Amfortas, le second roi, dont la sœur Herzeloïde était la mère de Parzival, le troisième roi du Saint-Graal. Cette généalogie des rois du Graal commence dans l'Orient et se rattache à Sennabor, roi imaginaire de l'Arménie; elle renferme des noms fictifs de rois de France et de princes d'Espagne et aboutit à la maison d'Anjou. Comme cette généalogie embrasse presque onze siècles et qu'elle descend jusqu'à l'époque où vivait Guyot, elle ne saurait avoir existé antérieurement à ce poëte, et il est plus que probable que c'est lui qui l'a imaginée. Si cependant Wolfram d'Eschenbach rapporte que Guyot l'a trouvée dans une chronique de l'Anjou, cette indication, que lui a fournie sans doute le roman du poëte angevin, prouve seulement à nos yeux que ce dernier voulait glorifier sa patrie, le duché d'Anjou, dans certains détails de son poëme.

avec le mot armoricain *grazal*, qui signifie un *graduel* et dérive de *gradualis*. Dans les anciennes chartes latines on trouve aussi des diminutifs de *grazale*, tels que *grazaletus*, *grassaletus*, *graletus*, etc.

(1) Voy. Tissier, *Bibl. Patr. Cisterc.*, chap. 7, p. 92.

(2) Voy. les *Assises de Jérusalem*, chap. 289.

(5) La terminaison *eis* ou *ois* des noms communs français provient de la terminaison allemande *isch*, *isk*. *Templeis* ou *templois* répond à l'allemand *templisch* (appartenant au temple), de même que *francès* ou *françois* répond au mot allemand *frankisch*.

Bien que l'histoire du Saint-Graal fût déjà assez intéressante par elle-même et surtout par l'idée qui en faisait le fond, Guyot, dont le but principal n'était pas d'instruire, mais d'amuser le lecteur, voulut cependant ajouter à son roman un élément poétique de plus, pour le rendre plus attrayant. Or, la lecture favorite de ces temps, c'étaient des histoires et aventures chevaleresques; et, précisément à cette époque, les récits des aventures du roi Arthur et des chevaliers de la Table-Ronde se répandaient par toute la France et satisfaisaient pleinement le goût du siècle pour tout ce qui était aventureux, merveilleux et fantasque. De même qu'en Allemagne, à la même époque, les poëtes abandonnaient les sujets épiques nationaux pour des sujets épiques étrangers, on préférait aussi en France les contes bretons aux traditions nationales sur Charlemagne et les douze pairs de France, et cela d'autant plus volontiers que la poésie bretonne surpassait effectivement toutes les autres par ses fictions merveilleuses et pleines d'imagination. C'est donc aussi principalement pour ces raisons que Guyot a rattaché l'histoire du Saint-Graal, non pas au cycle épique de Charlemagne, comme il aurait pu le faire, mais à celui d'Arthur et des chevaliers de la Table-Ronde. Comme ces traditions bretonnes forment la plus grande partie du roman de Guyot, il importe de connaître les transformations qu'elles ont subies depuis leur origine jusqu'à l'époque où notre poëte y a fondu son histoire du Saint-Graal. Pour mieux saisir la marche de ces transformations, il sera nécessaire de nous placer à un point de vue général.

En embrassant d'un coup d'œil l'histoire de la poésie épique du moyen âge, on remarque que les traditions épiques y ont subi trois transformations principales, ou qu'elles ont revêtu trois formes différentes qu'on voit se produire dans trois périodes successives.

La première période, qui s'étend depuis la grande migration des peuples jusqu'à l'introduction du christianisme dans les différents pays, porte un caractère essentiellement héroïque. L'intrépidité, la bravoure, la force physique ont une valeur par elles-mêmes, et sont glorifiées comme telles par la poésie, qui, provoquée sans effort par l'enthousiasme qu'inspirait l'héroïsme, était lyrique et épique à la fois, plutôt instinctive et sans art que raisonnée et artificielle. Alors les sujets n'étaient pas fictifs mais historiques, et la poésie n'était à vrai dire que de l'histoire racontée avec enthousiasme, mais avec un enthousiasme tel, que le récit poétique consistait simplement en allusions comprises toutefois par les auditeurs qui avaient été témoins de l'événement ou qui en avaient été instruits par la tradition populaire. Aussi ces poésies n'étaient-elles intelligibles que dans le pays même, et comme elles étaient essentiellement nationales, elles ne se sont guère répandues à l'étranger. Le plus souvent aussi elles n'étaient pas écrites, mais se transmettaient de bouche en bouche, ce qui est aussi cause qu'il ne nous est resté qu'un très-petit nombre de ces poésies primitives.

Ces observations générales sur la première période s'appliquent toutes aux anciennes poésies galloises qui célèbrent l'héroïsme d'Arthur et de ses compagnons d'armes. Ces poésies sont à la fois épiques et lyriques; elles exigent, pour être parfaitement comprises, des commentaires historiques, comme il nous en faut pour comprendre les chants des Skaldes ou les poésies arabes de l'Hamâsa.

La seconde période de la poésie épique du moyen âge s'étend depuis l'affermissement du christianisme dans les différents pays jusqu'au commencement des croisades ; elle porte un caractère essentiellement *mythique* ou *légendaire*. C'est que la suite des temps avait reculé les anciens héros de la nation dans un lointain nébuleux, qui ne permettait plus de bien distinguer leurs traits primitifs. Les écrivains chrétiens, pour la plupart ecclésiastiques, saisirent ces anciennes figures de héros et les modifièrent d'après l'idée chrétienne. Alors ce n'était plus la force physique seule ou la valeur qu'on idolâtrait pour elle-même ; on n'admirait plus que la valeur mise au service du christianisme. Le héros n'était donc plus simplement héros, il était encore le défenseur de la foi, il était un saint personnage, et, comme tel, protégé du ciel et entouré de miracles. Les écrivains de cette période, rattachant leurs travaux à ceux des temps précédents, ont recueilli les anciennes poésies nationales ; mais, comme la tradition populaire qui servait à les faire comprendre s'était perdue peu à peu, ils les commentaient à leur manière et composaient avec ces matériaux des chroniques dans lesquelles la fiction avait une plus large part que la vérité historique. D'ailleurs, selon ces écrivains, les idées et les vérités chrétiennes devaient avoir une bien plus grande importance que la vérité historique. Ils devaient donc, sans aucun scrupule, plier les faits d'après leurs idées, et mettre sans hésiter la fable ou la légende qui favorisait leurs vues à la place des vérités historiques qui, le plus souvent, s'y opposaient et les contredisaient. Telle est, en effet, l'origine et le caractère des chroniques composées dans cette période. Écrites presque toutes en latin, elles ont eu le grand mérite d'avoir rendu accessible à l'étranger le contenu des poésies ou des traditions nationales qui, dans la première période, n'avaient pas pu s'étendre au delà des limites du pays. Arthur, le chef breton, qui dans les poésies galloises primitives figurait seulement comme héros, est représenté dans les chroniques de cette seconde période comme le défenseur de la foi, comme un saint homme qui est visiblement protégé et favorisé par le ciel. A lui sont rattachées une foule de fables que Guillaume de Malmesbury, Alain des Isles (1109) et Gyrauld-le-Cambrien (1188) savent déjà apprécier à leur juste valeur. De leur côté, les bardes gallois de cette seconde période couvrent le roi Arthur d'un voile mystérieux et réveillant les souvenirs de l'ancien mysticisme des druides, ils en font presque un personnage mythique.

La troisième période de la poésie épique du moyen âge s'étend depuis l'établissement du système féodal et le commencement des croisades jusqu'à l'époque de l'apogée du moyen âge. On peut la désigner sous le nom de *période romantique et chevaleresque*. Si les poésies primitives nationales sont devenues les sources des chroniques latines, ces chroniques deviennent maintenant à leur tour les sources d'un grand nombre de romans chevaleresques, surtout en France et dans la Grande-Bretagne. Le caractère de ce nouveau genre de poésies épiques ou narratives, c'est que dans ces romans l'intérêt principal ne réside pas dans la personnalité ni dans les qualités du héros, mais dans les aventures que le poëte lui fait courir, et qu'il tâche de rendre aussi merveilleuses, aussi romanesques, aussi fantasques et souvent aussi bizarres que possible. On peut même dire que ces héros de romans n'ont pas de caractère individuel, qu'ils ressemblent le plus souvent les uns aux autres, et qu'il n'y a de différence entre eux que celle des aventures dont ils sont les jouets ou dont ils viennent à bout. Ce ne sont pas des individus, mais des êtres abstraits, représentant uniformément l'esprit général de la chevalerie, n'appartenant à aucun temps, à aucune nationalité, ou, ce qui revient au même, appartenant à toutes les nationalités, par suite du caractère général que la féodalité et les croisades avaient imprimé dans tous les pays à l'institution de la chevalerie. Ce qui contribuait encore à effacer dans ces romans le cachet national, c'est que, par suite du goût prononcé qu'on avait pour ce qui était étranger, il arriva que la plupart des traditions épiques n'étaient pas transformées en romans dans le pays même qui les avait vues naître, mais à l'étranger, où l'on y prenait un plus vif intérêt. Ainsi, l'Armorique a composé des contes d'après les traditions du pays de Galles; les Français ont pris les sujets de leurs romans chevaleresques dans les contes bretons de l'Armorique; l'Italie a composé des épopées avec les traditions françaises sur Charlemagne et sur Roland; la Scandinavie a rédigé les traditions allemandes sur Sigfrid et sur Dietrich de Vérone; la France septentrionale a composé le roman primitif du *Renard* d'après des traditions originaires de l'Allemagne, etc.

Ce tableau que nous venons de tracer de l'histoire générale de la poésie épique au moyen âge, nous fait connaître le caractère et la nature des traditions bretonnes dans lesquelles Guyot a fondu son histoire du Saint-Graal. Arthur n'y était plus représenté ni comme héros, ni comme défenseur de la foi, mais comme roi suzerain entouré d'un grand nombre de chevaliers, qui tenaient à honneur d'être ses hommes-liges. En sa qualité de roi suzerain, Arthur ne court plus les aventures; il se tient dans une inaction majestueuse, comme Charlemagne dans les romans français ou comme Attila dans le poëme des *Nibelungen*. Arthur ne fait que présider à la *Table-Ronde*, qui prend maintenant une importance toute nouvelle. Dans l'origine, elle désignait simplement les fêtes de cour, les joutes et les tournois donnés par les chefs bretons. Maintenant elle désigne une association des plus braves chevaliers du monde, revêtus d'une dignité presque analogue à celle des douze pairs de France. Parmi ces chevaliers bretons, qui mettaient la lance en arrêt contre tout venant et qui luttaient hardiment contre les dragons, les géants et les obstacles les plus insurmontables, on remarque principalement trois: *Owain*, *Géraint* et *Pérédur*. C'est surtout aux traditions sur ce dernier que Guyot a emprunté un grand nombre de traits dont il a composé l'histoire de Parzival, qui est le principal héros de son roman. Il suffit, pour s'en convaincre, d'indiquer quelques analogies frappantes qui existent entre l'histoire de Parzival et le conte breton sur Pérédur. Il est vrai que le conte breton, qui se trouve parmi les *Enfances* (Mabinogion) ou récits traditionnels (1) dont se compose le *Livre rouge* d'Hergest, n'a été rédigé qu'au quatorzième siècle; mais le fond en est plus ancien et a dû être connu de Guyot par les traditions répandues dans l'Armorique, province voisine du duché d'Anjou. La preuve qu'elles ne lui étaient pas inconnues, c'est que l'histoire de la jeunesse de Parzival se compose des mêmes traits que l'histoire de la jeunesse de Pérédur. Les détails sur le château du vieillard malade, sur les deux

(1) Voy. *Contes populaires des anciens Bretons*, par Th. de la Villemarqué, 2 vol. in-8° Paris 1842.

oncles de Pérédur ont été reproduits avec plus ou moins de fidélité dans le roman de Parzival. Enfin, le château du roi du Graal qui figure dans le poëme de Guyot, correspond au château des merveilles du conte breton. On pourrait même être tenté de croire que notre poëte eût emprunté aux traditions bretonnes jusqu'à l'histoire du Saint-Graal, puisqu'il est fait mention dans le conte de Pérédur d'un bassin ou d'un graal, et que le nom même de Pérédur pourrait être expliqué comme signifiant *chercheur du bassin* ou *quêteur du graal*. Mais cette illusion s'évanouit quand on s'aperçoit que le bassin en question n'a pas le moindre rapport avec l'idée du Saint-Graal, et qu'il ne figure dans le conte que d'une manière accessoire ou accidentelle. C'est pourquoi si le nom de Pérédur signifie réellement *chercheur de bassin*, c'est une circonstance également fortuite, puisqu'elle n'est motivée ni par le sens ni par les détails du conte. Ce nom devait être très-répandu chez les Bretons, et s'il avait la signification qu'on lui prête, il se rapportait et faisait sans doute allusion au vase ou au bassin de la déesse Céridwen. Pérédur était le nom du chef des Vénédètes qui se distingua à la bataille de Kat-trèz, et qui, plus tard, transformé par la tradition en chevalier de la Table-Ronde, est devenu le héros dont le texte breton en question célèbre les aventures et les hauts faits. Il est donc évident que l'histoire du Saint-Graal n'existait pas chez les Bretons; elle est, nous le répétons, entièrement de l'invention de Guyot, qui n'a rien emprunté aux traditions bretonnes, si ce n'est peut-être l'idée de représenter le salut de l'humanité sous le symbole d'un vase, idée que lui a pu suggérer le mythe sur le vase de Céridwen. Loin d'emprunter le fond de son poëme à l'étranger, notre poëte a seulement rattaché l'histoire qu'il avait imaginée aux traditions bretonnes du cycle d'Arthur, de sorte que la fiction du Graal forme, il est vrai, la partie secondaire, mais cependant la partie la plus importante de son roman. Guyot a su réunir habilement ces deux éléments d'origine différente, sans cependant les confondre ensemble. Ainsi les Templois, qui portent le caractère relevé d'une chevalerie sacerdotale, sont bien distincts dans son poëme des chevaliers de la Table-Ronde, qui représentent seulement la chevalerie mondaine ou ordinaire. Il y a plus, notre poëte n'a pas simplement imité les traditions bretonnes, il les a embellies et leur a donné plus d'intérêt, en leur prêtant un sens à la fois plus poétique et plus philosophique.

Ainsi, pour citer quelques exemples, le silence que Pérédur garde, d'après le conte breton, en présence des merveilles qu'il voit dans le palais du vieillard malade, est motivé simplement par le vœu qu'il avait fait de rester muet jusqu'à ce qu'il aurait obtenu la main d'Angarad. Dans le roman de Guyot, au contraire, le silence de Parzival tient à des causes plus profondes, et il forme pour ainsi dire le nœud de toute la fiction du Graal. Le conte breton parle d'une lance saignante qui fut présentée à Pérédur, et qui sans doute devait lui signifier qu'il avait à venger son oncle et ses neveux traîtreusement assassinés. En effet, la lance est le symbole de la protection et un corps saignant était le symbole de l'appel à la vengeance. La lance saignante devait donc indiquer que l'instrument de la protection a été violé, et que par conséquent il saignera jusqu'à ce que la vengeance soit accomplie. Guyot, donnant un sens plus moral et plus profond à la lance saignante, y rattache une de ses principales fictions poétiques. Par un jeu de mots qui n'était possible qu'en français, le vieux roi malade, qui dans la tradition bretonne est surnommé le *pêcheur*, parce qu'il charmait ses ennuis en pêchant à la ligne, est transformé en roi *pêcheur*. Son péché consiste, selon Guyot, en ce qu'il a combattu pour un amour sensuel contre un prince païen, par la lance duquel il a été blessé en punition de sa faute. Cette lance saignera jusqu'à ce que le roi sera guéri de sa blessure ou jusqu'à ce que son péché sera expié. Le conte breton fait encore mention d'un glaive magique, que le roi pêcheur remit à Pérédur comme symbole de la souveraineté et de la force. Cette épée se brisa dans les mains du chevalier, ce qui signifiait qu'il n'avait pas encore la force nécessaire pour être digne de la souveraineté. Mais selon la fiction de Guyot, Parzival ne reçoit ce glaive que lorsqu'il est déjà brisé, et comme c'est seulement avec ce glaive qu'il peut conquérir la royauté du Graal, le poëte présente cette circonstance comme un obstacle presque insurmontable dont le héros parvient cependant à triompher. C'est ainsi que Guyot a su donner à certains détails dénués de sens dans la tradition bretonne une signification morale et philosophique.

En général, le roman du poëte angevin, bien qu'il fût destiné, comme tous les romans de chevalerie, à amuser les grands seigneurs et les dames châtelaines, portait cependant un caractère tant soit peu philosophique, et c'est pourquoi il ne faut pas s'étonner si certaines idées de Guyot se trouvent en désaccord avec l'orthodoxie de son siècle. Ce poëte ne partageait pas la haine contre les mohammédans qui se manifestait avec tant d'énergie dans la chrétienté pendant les croisades. Les Templois ne dirigent pas leurs armes contre les infidèles; au contraire, ils sont en rapport avec eux comme amis, comme frères d'armes, comme alliés et comme parents. Cette tolérance qui, aux yeux de l'orthodoxie, devait passer pour criminelle, paraît avoir été le fruit du séjour que Guyot avait fait à Tolède au milieu des Arabes mohammédans. On remarquera encore que les Templois, bien qu'ils soient chrétiens, ressemblent néanmoins plutôt à une association formée en dehors de l'Église qu'à une communauté catholique. De plus, les apôtres, les saints, les anges et les cérémonies de l'Église qui figurent toujours au premier rang dans les poëmes religieux du moyen âge, n'occupent pas une place aussi large dans le poëme de Guyot. Ces tendances hétérodoxes et tant soit peu anticléricales, le poëte les a prises dans le midi de la France, où il devait être souvent en contact avec des Albigeois et des Templiers, et, nous le répétons, c'est sans doute à cause de cette conformité de vues avec les sectaires du midi qu'il reçut de ses contemporains le surnom ou le sobriquet de *Provençal*. Enfin il faut attribuer à l'hétérodoxie de Guyot la perte ou la destruction de son roman, lequel devait avoir le même sort que les livres des Albigeois et les ouvrages des Templiers.

Cependant le roman de Guyot se répandit rapidement et attira l'attention d'un grand nombre de lecteurs en France, en Angleterre et en Allemagne. La preuve, c'est qu'il fut imité dans ces pays peu de temps après sa publication, et que l'histoire du Graal forma bientôt une espèce de tradition épique qui, comme telle, fut modifiée et développée par plusieurs poëtes français et étrangers. Le premier qui traita ce sujet après Guyot fut Chrétien de Troyes, qui florissait dans les années de 1150 à 1170. A cette époque un grand nombre de romans chevaleresques surgirent en France, et ils se multiplièrent au treizième et au quatorzième siècle. Les sujets des romans les plus recherchés étaient presque tous empruntés aux traditions bretonnes ou armoricaines, et se rapportaient à Arthur et aux chevaliers de la Table-Ronde. Presque chacun de ces chevaliers devint le héros d'un roman à part. Chrétien, trouvant dans le poëme de Guyot l'histoire de Parzival, qui, sans être chevalier de la Table-Ronde, était cependant en rapport avec elle, prit cet épisode et le traita séparément, en consultant encore, comme pour ses autres romans, les traditions armoricaines originales. Ce trouvère champenois mourut avant d'avoir achevé son roman de *Perceval-le-Gallois*, lequel cependant s'est conservé jusqu'à nos jours avec les continuations composées par différents poëtes. Ce qui prouve que Chrétien a imité le roman de Guyot, c'est d'abord le nom même de *Perceval* qu'il a conservé à son héros, et qui n'est autre que la prononciation champenoise du nom de Parzival; qu'il a trouvé dans le poëme de Guyot. Ce nom, inventé par Guyot, est sans doute dérivé de *fârisi-fâl*, mot composé persan qui signifie *chevalier ignorant*, et il fait allusion à l'ignorance du jeune Parzival, qui, par suite de l'excessive sollicitude de sa mère de lui épargner tout danger, avait été privé de toute éducation chevaleresque. Chrétien de Troyes ne connaissant point l'origine étrangère de ce nom, se l'explique en français comme signifiant qui *perce* ou parcourt les *vaux* pour chercher aventure (1). Ce qui prouve plus invinciblement encore que Chrétien a imité Guyot, c'est qu'on trouve dans son poëme le nom et l'histoire du Graal, qui l'un et l'autre sont de l'invention du poëte angevin. Enfin, l'histoire du roi pêcheur, qui, nous l'avons vu, a été imaginée par ce même poëte, se retrouve dans le roman de *Perceval-le-Gallois*. Mais bien que Chrétien de Troyes ait fait de nombreux emprunts à Guyot, son roman porte cependant un caractère différent de celui de son prédécesseur. L'histoire du Saint-Graal n'y tient qu'une place très-secondaire et n'y a reçu aucun développement, aucun élément nouveau. Les *Templois* ne figurent pas non plus dans le roman de Perceval, peut-être par la raison que Chrétien ne prenait pas, comme Guyot, autant d'intérêt aux Templiers, qui, à cette époque, commençaient déjà à être soupçonnés d'hérésie et d'inobédience. Les tendances anticléricales qu'on remarquait dans Guyot ont complétement disparu dans Chrétien, qui n'avait d'autre but que de raconter d'une manière amusante des aventures chevaleresques. Le talent du trouvère champenois se montre principalement dans le récit agréable, gracieux et facile, et ce poëte donnait même quelquefois une tournure frivole, mais amusante, à des détails auxquels son prédécesseur avait prêté un sens philosophique, et pour cette raison Wolfram d'Eschenbach, l'admirateur de Guyot, ne peut pas s'empêcher de lui faire le reproche de légèreté, de frivolité et d'ignorance. Ce poëte allemand, qui se distingue bien plus par la profondeur de ses sentiments et l'élévation de ses idées, que par la naïveté, la grâce et l'aisance de son récit, s'est entièrement rapproché du poëte angevin, et c'est pourquoi nous avons pu juger, d'après son poëme, du caractère et de la composition du roman original de Guyot.

Wolfram, seigneur d'Eschenbach, en Bavière, florissait au commencement du treizième siècle, à l'époque où la langue française se répandit à la cour des grands seigneurs allemands, et où les productions littéraires

(1) Car par vous est il vax pérchie: Perceval-le-Gallois.

du nord et du midi de la France furent très-recherchées en Allemagne.
Les poëtes allemands abandonnaient les traditions épiques nationales et
préféraient les sujets traités par les trouvères et les troubadours. Wolfram connaissait non-seulement le poëme de Guyot, mais aussi les romans de Chrétien de Troyes, tels que les romans de *Perceval-le-Gallois*,
de *Guillaume d'Orange*, d'*Alexandre-le-Grand*, et de *Lancelot du Lac*.
Il savait lui-même le français et tirait vanité de son savoir au point d'in-
sérer dans ses vers allemands beaucoup d'expressions françaises. Wolfram était surnommé le *docte (der wîse)*, bien qu'il ne sût ni lire ni écrire.
Pour s'expliquer comment il a pu composer son roman, il faut admettre
qu'il se soit fait lire ou réciter par un trouvère ambulant français le
poëme de Guyot, et qu'après avoir traduit librement et de mémoire les
morceaux français qu'on lui récitait, il en ait dicté la traduction libre à
son clerc allemand. Wolfram, de même que Chrétien, n'a pris dans le
roman de Guyot que l'épisode le plus intéressant, l'histoire de Parzival,
et il a traité ce sujet dans son premier poëme, qu'il a commencé vers
l'année 1204. Comme ce poëme remarquable n'est guère connu en France,
et que cependant il peut nous donner une idée parfaite d'une grande
partie du roman de Guyot, il ne sera pas hors de propos d'en indiquer
ici, en peu de mots, les traits principaux. Voici la marche du roman de
Wolfram.

Gamuret, fils de Gandin, duc d'Anjou, épouse, pendant ses courses en
Orient, la reine maure Bélacane, qui lui donne un fils qu'on nomme
Feirifiz. Poussé par le désir de revenir en Occident, Gamuret quitte la
reine et son fils; il revient en France, où, étant élu duc d'Anjou, il
épouse en secondes noces Herzeloïde; mais bientôt la mort le sépare de
cette seconde femme, qui accouche d'un fils posthume nommé Parzival.
Herzeloïde voulant préserver son fils de tout danger, surtout de ceux
qu'entraîne la vie aventureuse des chevaliers, se retire avec lui à Soltane
dans la solitude. Cependant Parzival est prédestiné à devenir un modèle
de chevalier. Malgré l'ignorance où le tient sa mère, les goûts chevaleresques de cet adolescent et sa curiosité se manifestent irrésistiblement,
et un jour, ayant rencontré des chevaliers de la cour d'Arthur, il les suit,
arrive à Nantes, où résidait Arthur, et demande qu'on l'instruise d'abord
et qu'on le reçoive ensuite chevalier. Mais c'est au milieu des aventures
que Parzival doit s'instruire et gagner ses éperons. Il se met donc en route;
il arrive chez Cundwiramour de Pelrapeire, dont il devient amoureux et
qui dans la suite sera sa femme; puis il vient chez Amfortas, le roi du
Graal, qui est malade par suite d'un péché et ne pourra guérir que quand
son successeur Parzival, assis avec lui au banquet du Graal, demanderait
l'explication des choses merveilleuses qu'il y verrait. Parzival ignorant
cette condition posée par la destinée et retenu par une trop grande dis-
crétion, garde le silence au banquet et quitte le château d'Amfortas sans
s'être informé sur ce qu'il y a vu. Frustré à son insu et en partie par sa
propre faute de la destinée brillante qui l'attendait, il se met de nouveau
à courir les aventures, jusqu'à ce que, après maints combats, il rencontre son ami Gawein, qui le ramène à la cour d'Arthur. C'est là que la
messagère du Saint-Graal, Cundric la sorcière, lui apprend quel grand
tort il a fait par son silence, non-seulement à lui-même, mais aussi au
roi Amfortas, qui est son oncle. Parzival, plein de chagrin et de repentir,

se remet aussitôt en route pour retrouver, s'il est possible, le château d'Amfortas et pour réparer sa faute. Dans le même temps que lui, son ami Gawein quitte aussi la cour d'Arthur, et après avoir combattu dans mainte aventure, il parvient à délivrer des dames qui ont été renfermées au *Chastel merveil* par le farouche nécromant *Klingschor*, neveu du fameux magicien Virgile de Naples. Quant à Parzival, il arrive après de longues courses chez un ermite nommé *Trévrizent*, qui plus tard déclare être son oncle maternel, et qui habite à quelque distance du château et du temple du Saint-Graal. Sachant que Parzival est prédestiné à devenir roi du Graal, mais qu'il n'est pas encore digne de cette royauté, l'ermite lui fait savoir que le Graal n'est accessible qu'à celui qui y est appelé par la grâce du ciel; il lui recommande, avant de s'en approcher, de purifier son âme de toute espèce de péché, et voyant les bonnes dispositions du néophyte, il l'initie aux mystères du Saint-Graal. Le Graal, lui dit-il, est fait du *lapis exillis*; il nourrit ses serviteurs physiquement et spirituellement, et communique de nouvelles forces pour toute une semaine à ceux qui le regardent. Tous les vendredis-saints une colombe du ciel vient déposer sur la pierre une oublie blanche qui lui communique des vertus mysté-rieuses. Une écriture qui parait subitement sur le vase indique chaque fois celui qui est destiné à son service et à sa garde. Parzival, initié ainsi aux mystères du Graal, se retire pour se préparer à sa haute destinée. Il revient auprès des chevaliers de la Table-Ronde et s'efforce d'acquérir les vertus chevaleresques nécessaires pour devenir templois et roi du Graal. Enfin, quand il est digne de régner, Cundrie la sorcière parait de nou-veau à la cour d'Arthur et lui annonce que l'écriture du Graal l'a désigné pour être roi à Montsalvagge. Parzival, avant de se rendre au temple du Graal, va revoir sa femme Cundwiramour, qui l'a rendu père de deux fils pleins d'espérances, Loherangrin et Cardeiz. Puis il se dirige vers Mont-salvagge; les templois viennent à sa rencontre, l'on célèbre le banquet du Saint-Graal, et les conditions imposées par le destin étant remplies, Amfortas guérit de sa maladie et transmet la royauté à son neveu Par-zival. Le nouveau roi retrouve son frère de père, Feirifiz, roi de l'Inde, qui, en courant les aventures, est venu par hasard dans les environs de Montsalvagge. Mais étant païen, il ignorait la sainteté du lieu et le mystère du Saint-Graal. Feirifiz voyant à Montsalvagge la tante de Parzival, *Ure-panse-de-Joie*, en est épris, et, s'étant fait baptiser, il l'épouse, bien qu'il ignore encore le décès de sa première femme, Secondille, qu'il avait laissée en Orient. Les nouveaux époux se dirigent vers leur royaume dans l'Inde. En route le message leur arrive de la mort de Secondille. *Urepanse-de-Joie* devient mère d'un fils, qui reçoit le nom de *Jean-le-prêtre*. Quant à Parzival, il désigne son fils Loherangrin pour lui succéder un jour dans la royauté du Graal. Ce jeune homme se distingue de bonne heure dans une expédition aventureuse qu'il entreprend dans le duché de Brabant. Wolfram d'Eschenbach termine son roman comme Guyot avait terminé le sien, sans dire ce que devient le Saint-Graal. Il semble seulement indi-quer que le prêtre Jean succédera à son cousin Loherangrin, et que la royauté du Graal se continuera dans le pays si merveilleux de l'Inde.

Dans le roman que nous venons d'analyser, le poëte allemand a suivi exactement la même marche que Guyot dans l'épisode correspondant de son poëme; seulement il y a ajouté quelques détails de son invention, tels que, par exemple, les détails sur Klingschor, le nécromancier, l'histoire du prêtre Jean, et peut-être aussi l'histoire de Loherangrin.

Klingschor est devenu le type du négromant dans la poésie allemande du moyen âge, comme l'enchanteur Merlin l'était chez les Bretons, et Virgile de Naples chez des Italiens et les Espagnols. Mais les Allemands ont modifié ce type à leur manière après l'avoir reçu de l'Italie inférieure ou de la Sicile, qui était la patrie de Klingschor. Car, il n'y a pas de doute, Klingschor était dans l'origine un personnage historique, comme l'ont été Merdhin-le-Gallois en Bretagne, Virgile de Mantoue, en Italie, et le docteur Faust en Allemagne.

Quant à la tradition sur Jean-le-Prêtre, il n'est guère probable qu'elle ait été connue de Guyot. Au douzième siècle il y avait en Chine une grande tribu mongole attachée au bouddhisme tel qu'il s'était développé au Tubet. Or, cette religion avait dans sa hiérarchie sacerdotale et dans quelques rites et cérémonies du culte une ressemblance tellement frappante avec le catholicisme, que non-seulement les chrétiens nestoriens répandus parmi les Mongoles, mais aussi les étrangers qui visitaient la Mongolie, prirent la religion bouddhique tubétaine pour un culte chrétien oriental. Le prince temporel et spirituel de cette tribu prétendue chrétienne portait le titre moitié chinois moitié mongol de *Quanh-Kohan*, littéralement *prince-chef*. Les chrétiens nestoriens qui parlaient la langue syriaque s'expliquaient ce titre par les homonymes *Iouchnan-Kohan*, qui signifiaient dans leur langue *Jean-le-prêtre*. C'est ainsi que s'est formée la tradition qu'au centre de l'Asie il y avait une Église chrétienne dont les papes portaient tous le nom de *prêtre Jean*. Cette tradition se répandit en Europe vers la fin du douzième siècle ; elle était peut-être connue de Guyot et de Chrétien de Troyes, mais ni l'un ni l'autre ne l'ont rattachée à l'histoire du Saint-Graal. Wolfram d'Eschenbach au contraire en profita pour son roman. Il envisagea la prétendue Église chrétienne de l'Asie comme une continuation du sacerdoce du Graal, lequel, après la mort de Loherangrin, passa à son cousin le prêtre Jean. Cette fiction ingénieuse, que du reste Wolfram d'Eschenbach ne fit qu'indiquer dans son roman, fut développée dans la suite par *Albrecht* de Scharfenberg, dans son poème intitulé *Titurel*.

L'histoire merveilleuse de *Loherinc Garin*, ou de Lohengrin, semble également avoir été inconnue à Guyot et à Chrétien, ou du moins c'est Wolfram d'Eschenbach qui le premier paraît avoir eu l'idée de l'emprunter au cycle épique lorrain pour la rattacher à la fable du Saint-Graal ; de la même manière qu'elle fut plus tard rattachée au cycle épique des chevaliers de la Table-Ronde.

Outre le roman de Parzival, dont nous venons d'analyser la composition, Wolfram a encore pris dans le roman de Guyot un autre épisode pour en faire un poème à part ; c'est l'histoire de Titurel, le premier roi du Saint-Graal. Malheureusement ce dernier roman est resté inachevé ; la mort vint surprendre le poète quand il n'en avait encore composé que quelques parties. Mais le même sujet a été repris en sous-œuvre et traité au complet par Albrecht de Scharfenberg.

Avant d'examiner ce dernier roman, il importe de faire voir quelles grandes modifications, quant au fond et quant à la forme, la fable du Saint-Graal, devenue tradition, a subies après Guyot, Chrétien de Troyes et

Wolfram d'Eschenbach. Le roman de Guyot, ou du moins la fable tradi-
tionnelle du Saint-Graal, se répandit en France, en Allemagne et en
Angleterre; elle attirait surtout l'attention des ecclésiastiques, qui étaient
sans doute frappés de l'idée fondamentale du poëme et de la signification
philosophique et quelquefois peu orthodoxe que Guyot avait donnée au
Saint-Graal. Leur attente, en lisant ce roman, fut trompée, et cela d'autant
plus que le titre semblait promettre une histoire analogue aux traditions
de l'Église. Ce n'est pas à dire qu'à cette époque on dût déjà concevoir le
rapprochement qui de nos jours serait à la fois si naturel et si poétique
entre le Saint-Graal, symbole du salut, et le calice, symbole de la ré-
demption. Car, au douzième siècle, le dogme de la transsubstantiation
n'étant pas encore fixé dans l'Église, le calice n'avait pas non plus le sens
si profondément mystique qu'il reçut dans le siècle suivant. Mais comme
le mot *Graal* signifiait *vase*, l'idée devait se présenter naturellement,
surtout à un ecclésiastique, de désigner sous ce nom le vase ou l'écuelle
dans laquelle Jésus-Christ avait mangé la Pâque avec ses apôtres la veille
de sa mort. On pouvait en outre, en considérant ce vase comme une
sainte relique, y rattacher sans peine des traditions moitié historiques,
moitié légendaires. Enfin, en modifiant l'idée fondamentale du Saint-
Graal, on devait aussi modifier l'histoire dont Guyot l'avait revêtue. Et
c'est ce qui est arrivé en effet.

Encore du temps de Guyot, de Chrétien de Troyes et de Wolfram
d'Eschenbach, vivait en Angleterre *Walter Mapes*, chapelain du roi
Henri II et archidiacre d'Oxford. Cet ecclésiastique, qu'il ne faut pas confondre avec son confrère *Walter Calenius*, était connu par ses écrits contre
les papes, la cour de Rome et contre l'ordre des Cisterciens. Le roi d'Angleterre, son maître, était en même temps duc de Normandie, comte
d'Anjou, de Tourraine et du Maine, et en outre sa femme lui avait apporté
en dot la Guienne, le Poitou et la Saintonge, de sorte que les principales
provinces du nord et du midi de la France se trouvaient en liaison politique avec le royaume d'Angleterre. Comme ce jeune prince avait pris,
sous la direction de Robert de Glocestre, beaucoup de goût à la littérature, et qu'il récompensait largement les bardes bretons, les ménestrels,
les trouvères et les troubadours, il favorisait par cela même le mouvement littéraire en France et en Angleterre, et encourageait l'échange des
productions poétiques entre les deux pays. Walter Mapes vivant auprès
d'un prince qui aimait surtout les romans, eut occasion de connaître le
poëme de Guyot, et conçut l'idée d'en composer un sur le même sujet,
mais qui en différerait et pour le fond et pour la forme.

Il identifia le Saint-Graal avec l'écuelle dans laquelle Jésus célébra la
sainte-cène, et qui servit encore à recueillir son sang coulant de la plaie
que lui avait faite le centurion Longinus. La royauté du Graal, imaginée
par Guyot, disparut pour faire place à un entourage plus ecclésiastique
et plus saint. Ces nouveaux personnages gardiens du vase sacré étaient en
partie fictifs, en partie historiques. Il existait dans l'Église une ancienne
tradition, d'après laquelle Nicodème et principalement Joseph d'Arimathie étaient représentés comme les apôtres de Jésus-Christ. Cette tradition
se trouvait dans le Pseudo-Évangile de Nicodème, si répandu en Orient
déjà dans la première moitié du second siècle. Un autre écrit de ce genre,
les *Actes de Pilate*, rédigés d'après l'Évangile de Nicodème, ajouta encore

2

quelques nouvelles fictions à cette légende sur Joseph d'Arimathie, et c'est probablement d'après cette source peu historique que Grégoire de Tours († 595) raconte l'emprisonnement de Joseph, son voyage sur mer et son arrivée en Bretagne, où il doit avoir prêché l'Évangile. Cette tradition sur l'apostolat de Joseph était cependant inconnue en Angleterre, au moins jusqu'au milieu du douzième siècle. La chronique de *Galfrid ap Arthur*, né à Monmouth et évêque de Saint-Asaph vers 1152, ne parle pas de Joseph d'Arimathie. Selon Guillaume de Malmesbury, vers 1143, c'est saint Philippe qui est l'apôtre des Bretons ; Joseph est seulement cité comme un de ses aides, un de ses missionnaires en Bretagne (1). D'ailleurs si cette légende avait été répandue en Angleterre, les chroniques du pays n'auraient pas manqué de s'en emparer, d'autant plus qu'elle favorisait les tendances si manifestes de l'Église d'Angleterre de rattacher la fondation non à l'Église de Rome, comme c'était la vérité, mais immédiatement à l'Église d'Orient. C'est donc tout au plus dans la seconde moitié du douzième siècle que la tradition sur Joseph comme apôtre de l'Angleterre a pu être connue dans ce pays, et c'est sans doute l'ecclésiastique Gautier Mapes qui l'y a introduite en faisant de Joseph un des coryphées de son histoire du Saint-Graal. Pour faire sentir la grande différence qui existait entre cette histoire et celle que Guyot avait imaginée, il suffit d'indiquer ici les principaux traits de ce roman de Walter Mapes.

Jésus-Christ venait d'expirer sur la croix, quand son disciple, le chevalier Joseph d'Arimathie, demande à Pilate la faveur de donner la sépulture à la dépouille mortelle du Sauveur du monde. Le troisième jour, le Seigneur ayant vaincu la mort en ressuscitant, les juifs accusèrent Joseph d'avoir dérobé le corps de Jésus, et ils le jettent dans une prison pour le faire mourir de faim. Mais le Seigneur lui apparaît, le console et lui remet le vase sacré avec son sang, qui a la merveilleuse vertu de nourrir le prisonnier physiquement et spirituellement. Joseph, après quarante-deux ans de captivité, est enfin délivré par l'empereur Vespasien. Avec le vase sacré et quelques autres reliques, et accompagné de ses parents et disciples Hébron et Alain-le-Pêcheur, il parcourt une partie de l'Asie, où il fait la conversion d'Enélach, roi de Sarras. Il va ensuite à Rome et de là en Bretagne, où il prêche l'Évangile et opère trente-quatre miracles. Il s'établit dans l'île d'*Ynisvitrin* (île de verre) ou *Glastainbury*, y fonde une abbaye et y institue la *Table-Ronde*, à l'imitation de la sainte-cène. Enfin, l'apôtre des Bretons bâtit un palais, dans lequel il conserve ses précieuses reliques, le vase sacré qui prend le nom de *Saint-Gréal*, la lance saignante avec laquelle le centurion Longinus a percé le flanc du Seigneur, enfin l'épée des Macchabées, qu'il a apportée de l'Orient avec le Gréal et la lance. Il installe dans ce palais, comme roi du Gréal, ou plutôt comme chef de la Table-Ronde, son fidèle disciple Alain-le-Pêcheur, qui, par allusion aux paroles de Jésus-Christ (S. Math., 4, 19), prend le titre de *riche pêcheur*, qu'il transmet à tous ses successeurs. Joseph, l'apôtre des Bretons, ayant accompli sa mission sur terre, meurt en saint homme, et il est enseveli dans la chapelle de l'abbaye qu'il a fondée à Glastainbury. Ses principaux successeurs comme chefs de la Table-Ronde sont : *Alain, Nascien, Célidoine, Galaad, Arthur, Boort* et *Lancelot*.

---

(1) Voy. Gale, *Histor. anglicæ saxonicæ anglo-danicæ scriptores XV*, t. I, p. 292. Oxon. 1691.

Tels sont lés principaux traits dont se compose l'histoire du Gréal de Walter Mapes. Le vase sacré y est identifié avec l'écuelle de la sainte-cène ; les templois sont remplacés par les chevaliers de la Table-Ronde, et la Table-Ronde elle-même est confondue avec la table de la sainte-cène.

Pour donner plus d'autorité à son histoire du Saint-Gréal, Walter Mapes lui assigna une origine surnaturelle ; il prétendit que Dieu en était le véritable auteur, et qu'il l'avait révélée par une vision céleste à un saint ermite breton, vers l'année 720 de notre ère. Ces circonstances sont racontées de bonne foi par Hélinand, moine de l'abbaye de Froidmont, dans le diocèse de Beauvais (1). Ce moine cistercien ne se doutait pas que cette histoire du Gréal qu'il cherchait partout avec curiosité, et que cependant il ne pouvait pas se procurer, avait été composée par l'ecclésiastique Walter Mapes, le même qui dans ses écrits s'était montré si hostile contre l'ordre de Citeaux. Cette histoire était rédigée en langue latine, preuve que son auteur ne la destinait pas à la lecture des gens du monde. Aussi ce livre n'était-il pas très-répandu en France du temps de Hélinand, qui mourut en 1227. Cependant il en existait déjà une traduction ou rédaction française, qui circulait, en un petit nombre de copies, dans les châteaux des nobles seigneurs. C'était, sans doute, la traduction faite par le chevalier Luces (seigneur du château de Gast dans le Calvados, mais qui habitait ordinairement près de Salisbury, en Angleterre), le même qui est encore connu comme l'auteur du roman de *Tristan-le-Léonnais* (2). Une autre traduction fut faite plus tard, vers 1231, par Robert de Boron, chevalier de la cour de Henri II d'Angleterre ; et, d'après lui, son parent Hélis de Boron en publia une nouvelle édition. Vers la fin du treizième siècle, la prose de Robert de Boron fut mise en vers ; et ce poëme, qui existe encore (3), bien qu'il soit aujourd'hui défectueux, peut nous donner une idée de la composition primitive de Walter Mapes, laquelle ne s'est pas retrouvée jusqu'ici. Cette histoire du Graal, une fois répandue dans le public, fut diversement modifiée, et elle a donné naissance à un grand nombre de romans en prose au quatorzième et au quinzième siècle. Parmi les éditions de ces romans, on remarque celle de Paris de 1516, in-folio, dans laquelle l'histoire du Graal est divisée en deux branches. La première renferme l'histoire de la quête du Graal, l'histoire de Joseph d'Arimathie et de son fils Joseph, la conversion d'Enélach et l'histoire des descendants de Joseph, Nascien, Célidoine, Galaad, Boort et Lancelot. La seconde branche raconte les aventures de Gauvain, de Lancelot et de Perlevaux (Perceval), et il est dit dans ce livre que cette histoire est racontée d'après un écrit de Joseph lui-même, qui a été traduit du latin en français.

Tous ces romans, modifiés et défigurés, mais dérivés tous plus ou moins directement de l'histoire du Graal, composée en latin par Walter Mapes, se répandirent en Europe et furent cause que déjà vers le milieu du treizième siècle l'idée prévalut que le Graal était l'écuelle dans laquelle Jésus et ses apôtres avaient mangé la Pâque. Dès lors, l'attention publique étant éveillée sur cet objet, un grand-nombre de villes prétendirent être en possession de cette sainte relique. En 1247, le patriarche de Jérusalem

(1) Voy. Tissier, *Bibliotheca Cistercens*, t. VII, p. 92.
(2) Voy. *Catalogue de la Vallière*, t. II, p. 614, 4015.
(3) Voy. *Roman de Saint-Graal*, publié par M. F. Michel.

envoya au roi Henri III d'Angleterre le Saint-Graal comme provenant de Nicodème et de Joseph d'Arimathie. Vers la même époque, les habitants de Constantinople crurent aussi devoir prendre pour le Saint-Graal une écuelle sacrée qu'ils estimaient depuis longtemps comme une sainte relique. Les Génois aussi furent persuadés que leur *sacro catino* n'était autre que le Saint-Gréal. Cette écuelle de plasma ou verre fondu, de forme hexagonique et d'une couleur verdâtre, fut prise à Césarée par les croisés, en 1101, et, dans le partage du butin, elle échut aux Génois, qui, la croyant faite d'une énorme émeraude, l'estimaient uniquement pour sa valeur matérielle, et en firent don à l'église Saint-Laurent, à Gênes. Mais dans la seconde moitié du treizième siècle, Jacobo de Voragine, ayant lu dans quelques livres anglais l'histoire du Graal d'après Gautier Mapes, émit aussitôt, dans sa *Chronique de Gênes* (chap. 18), l'idée que l'écuelle d'émeraude pouvait bien être le vase saint que les Anglais nommaient *Sangréal.* Depuis cette époque, l'idée émise par ce chroniqueur s'affermit et se changea en une véritable croyance, de sorte que le vase nommé *santo catino* est encore aujourd'hui l'objet de la grande vénération des fidèles.

L'histoire du Saint-Graal de Walter Mapes et les nombreuses compilations qui en sont dérivées n'ont pas seulement éveillé l'attention sur les vases sacrés qui pouvaient passer pour l'écuelle de la sainte-cène; elles ont encore eu un effet rétroactif, et ont exercé une grande influence jusque sur les traditions primitives du Saint-Graal. En effet, tous les poëtes qui, depuis la publication du roman de Mapes, ont traité ce sujet, bien qu'ils suivissent en grande partie la tradition de Guyot, de Chrétien de Troyes et de Wolfram d'Eschenbach, ont cru néanmoins devoir modifier en plusieurs points les traditions primitives d'après la nouvelle histoire. C'est ainsi que déjà les continuateurs de Chrétien de Troyes, *Gautiers de Denet, Cauchier de Dordan, Gerbert de Montreuil* et *Manessier,* parlent de Joseph d'Arimathie, dont il n'était pas fait mention dans le roman de Guyot. Dans les récits de ces continuateurs, l'esprit sacerdotal prime l'esprit chevaleresque; le Graal n'a plus de signification symbolique et philosophique, mais une signification religieuse et à moitié légendaire. La lance saignante et l'épée merveilleuse du roman de Guyot perdent leur signification poétique: ce sont des reliques ayant simplement une importance historique comme lance de Longinus ou comme épée des Macchabées.

Ces mêmes modifications se font remarquer dans un roman en prose, intitulé *Perceval-le-Gallois.* Non-seulement la *Table-Ronde* y est considérée comme une imitation de la *sainte-cène,* mais on va jusqu'à lui donner le nom même de *Saint-Graal.* Dans le *roman de Merlin,* composé vers la fin du treizième siècle, il est dit que la Table-Ronde, instituée par Joseph à l'imitation de la sainte-cène, fut nommée *Graal,* et que Joseph engagea le père d'Arthur à créer une troisième Table-Ronde en l'honneur de la Sainte-Trinité.

En Allemagne, l'influence que les nouvelles traditions du Graal ont exercée sur les anciennes se fait surtout remarquer dans le poëme de *Titurel,* composé, vers la fin du treizième siècle, par Albrecht de Scharfenberg. Ce roman, un des plus recherchés au moyen âge, et que son auteur admirait lui-même comme un chef-d'œuvre de poésie et de piété, renferme encore des morceaux qui proviennent de deux ou de trois poëtes différents. Parmi ces morceaux, on remarque surtout les fragments que Wolfram d'Eschenbach avait composés pour son poëme *Titurel*, qu'il a laissé inachevé. Quant aux détails de l'histoire du Graal, Albrecht a généralement suivi la fable inventée par Guyot et reproduite par Wolfram ; mais d'autres détails de son roman prouvent qu'il connaissait aussi la version de Walter Mapes. Ainsi, dans le *Titurel* d'Albrecht, le Saint-Graal n'a plus, comme dans Guyot, une signification purement symbolique ; il y est identifié avec l'écuelle de la sainte-cène. Ce n'est pas l'esprit chevaleresque, mais l'esprit sacerdotal qu'on y voit prédominer. L'orthodoxie, l'ascétisme et l'intolérance envers les infidèles contrastent avec la philosophie et l'esprit conciliant qui régnait dans le roman du poëte angevin. Albrecht se plaît surtout à développer et à orner de tous les prestiges de sa poésie l'histoire de Jean-le-Prêtre. Cette histoire, pour laquelle Wolfram n'avait encore que peu de données, et que pour cette raison il n'avait fait qu'indiquer dans son *Parzival*, pouvait maintenant être de beaucoup amplifiée avec les nouveaux renseignements que fournissaient au poëte les rapports des légats du pape et des ambassadeurs français revenus de l'Orient. Jean du Plan de Carpin, de l'ordre des frères mineurs, avait été envoyé par le pape Innocent IV chez les Mogols-Tatares ; et il avait séjourné dans ce pays pendant les années de 1245 à 1247. Une nouvelle ambassade, à la tête de laquelle se trouvait le frère franciscain Guillaume de Rubruquis, avait été envoyée en Mongolie par saint Louis, en 1253. Enfin, les récits des célèbres voyageurs Nicolo Polo et Marco Polo ont peut-être encore fourni à Albrecht quelques nouveaux détails intéressants. Ce poëte met tout son talent à retracer dans l'histoire du prêtre Jean le brillant tableau d'un véritable gouvernement sacerdotal, et l'on peut dire que si Guyot a dépeint dans son roman l'idéal qu'il s'était formé de la chevalerie, Albrecht de Scharfenberg s'est attaché à exprimer l'idéal que son esprit, ou, si l'on veut, l'esprit général de son temps, avait conçu du sacerdoce et de la hiérarchie ecclésiastique. D'ailleurs, ce sujet important, qui transportait le lecteur dans le pays des merveilles, au centre de l'Asie, fournissait en même temps au poëte une occasion favorable pour étaler ses connaissances en géographie, en histoire et dans les sciences naturelles, connaissances qui à la vérité étaient chez lui très-étendues, et dont, à l'exemple de la plupart des poëtes du moyen âge, il n'a pas manqué de tirer vanité.

Le roman d'Albert de Scharfenberg embrasse un plus vaste cadre que celui de Wolfram d'Eschenbach, sans cependant l'emporter sur ce dernier sous le rapport de la conception et de l'exécution poétique. Voici les principaux traits dont se compose le roman de Titurel.

Parille, fils de Sennabor de Cappadoce, ayant embrassé le christianisme avec ses frères et ses sœurs, prête assistance à l'empereur Vespasien au siége et à la prise de Jérusalem. L'empereur, pour l'en récompenser, lui donne sa fille Argusille en mariage, et de plus il lui donne en fief le royaume de France. Parille a un fils, Titurisone, qui épouse Eligabel d'Arragon. Le fils de Titurisone et d'Éligabel est nommé Titurel, nom composé et contracté de ceux de son père et de sa mère. Un ange du ciel annonce que Dieu a choisi Titurel pour défenseur de la foi et pour gardien du Saint-Graal. Le jeune homme reçoit une éducation à la fois pieuse et chevaleresque, et après avoir combattu avec son père contre les infidèles en

Espagne, il est conduit par des anges à Montsalvatch. Là il bâtit la chapelle magnifique dans laquelle le Saint-Graal, descendu du ciel, vient s'installer lui-même. Titurel épouse la princesse Richoude d'Espagne ; il veille sur le Saint-Graal et propage le christianisme parmi les infidèles. Quand il est devenu vieux, son fils Frimutel est désigné roi du Graal par une inscription qui paraît sur le vase sacré. Frimutel épouse Clarisse de Grenade, qui lui donne cinq enfants. Ce sont *Amfortas*, qui succède à son père dans la royauté du Graal ; *Trévrizent*, le sage ermite ; *Tchoysiane*, qui devient mère de Sigune et qui meurt en donnant le jour à cet enfant, *Herzéloïde*, la mère de Parzival ; et enfin *Urepanse-de-Joie*, qui épouse Feirifiz et devient la mère de *Jean-le-prêtre*. La belle Sigune est élevée chez sa tante Herzéloïde et elle est fiancée à Tchionatulandre. Ce jeune chevalier se distingue en Orient par sa bravoure ; il est lié d'amitié avec les chevaliers de la Table-Ronde ; il délivre avec le roi Arthur le royaume de Canvoleis, qui a été envahi par le duc Orilus, mais il est tué par cet ennemi dans un combat singulier. Sigune est inconsolable de la mort de son fiancé ; elle fait embaumer son corps, le place entre les branches d'un tilleul, et s'asseoit auprès de lui en proie aux chagrins les plus cuisants. C'est là que son cousin Perceval la trouve et qu'elle lui apprend la faute qu'il a commise par sa trop grande retenue au banquet du Saint-Graal. Perceval, touché de repentir, veut réparer sa faute ; après beaucoup d'efforts et après mainte aventure, il parvient enfin à la royauté du Graal à Montsalvagge. Cependant l'Occident, livré de plus en plus au péché, n'est plus digne de posséder dans son sein le vase sacré. Parzival songe à le transporter en Orient. Il prend le Saint-Graal, s'embarque avec les templois à Marseille, et se rend dans l'Inde auprès de son frère Feirifiz. Celui-ci lui fait un tableau enchanteur des richesses et de la sainteté du prêtre Jean, qui est le chef spirituel et temporel d'un pays voisin de l'Inde. Parzival consent à confier le Graal à ce personnage ; mais la volonté manifestée par le vase sacré est que Parzival reste roi et qu'il change seulement son nom en celui de Prêtre-Jean. En conséquence, Parzival et les templois s'établissent dans l'Inde ; ils adressent des prières au Saint-Graal pour qu'il fasse que le palais et la chapelle de Montsalvagge soient aussi transportés dans ce pays. Leur prière est exaucée ; le lendemain, palais et chapelle, miraculeusement transportés pendant la nuit à travers les airs, se trouvent établis plus beaux et plus brillants dans l'Inde ; et la chapelle renferme comme auparavant le vase sacré du Saint-Graal. Après la mort de Parzival, le fils de Feirifiz et d'Urepanse-de-Joie devient *prêtre Jean*. Le Graal ayant disparu en Occident, le roi Arthur et les chevaliers de la Table-Ronde vont à sa recherche ; ils parcourent le monde, mais c'est en vain, ils ne peuvent le trouver ; il est à jamais caché au fond de l'Orient.

Tels sont les principaux traits du roman de Titurel. Albrecht de Scharfenberg est le dernier poëte allemand qui ait traité l'histoire du Saint-Graal dans son ensemble et qui y ait ajouté des détails nouveaux. Après lui les poëtes ne font plus que rapporter plus ou moins exactement les différentes traditions répandues en France, en Angleterre et en Allemagne. Ils les modifient à leur gré sans cependant leur donner un caractère original. Parmi les poëmes allemands composés au quatorzième siècle, et dans lesquels il est encore question du Saint-Graal, nous ne citerons que le roman de *Loherangrin* et le roman de *Parzival et la Table-Ronde.*

Dans le roman de Loherangrin, composé vers l'année 1300, il est fait plusieurs fois mention du Saint-Graal; ce sont Arthur et ses chevaliers qui l'accompagnent vers l'Inde, et qui le gardent comme le font les templois dans les romans primitifs. Le Graal lui-même est considéré comme une espèce d'oracle qu'on consulte dans toutes sortes de difficultés, et il est pour ainsi dire aux ordres de la mère de Dieu pour exécuter ce qu'elle lui commande.

Le roman intitulé *Parzival et la Table-Ronde*, dont un manuscrit existe encore à la bibliothèque du Vatican (1), a été composé par Nicolas Wissé et Philippe Colin, orfèvre à Strasbourg. Ils l'ont dédié en 1336 à Ulric, seigneur de Rappoltstein en Alsace. Ces meistersænger ont suivi principalement le roman du poëte français Manessier, le continuateur de Perceval-le-Gallois, de Chrétien de Troyes. Ils connaissaient aussi les romans de Wolfram et d'Albert de Scharfenberg, et mettaient leur ambition plutôt à être complets et à rapporter toutes sortes d'histoires amusantes, qu'à composer un poëme irréprochable sous le point de vue de la conception et de l'exécution poétique.

Ne voulant pas nous arrêter à quelques autres romans du même genre composés au quinzième et au seizième siècle, et qui ne présentent rien de neuf, rien d'original, nous pouvons considérer notre tâche comme achevée, et il ne nous reste plus que de résumer en peu de mots les résultats principaux de ce mémoire. Nous avons expliqué la formation et la signification des romans du Saint-Graal. Ces romans, nous l'avons vu, découlent tous de deux sources principales, dont la première se trouve dans le roman français de Guyot et se rattache au grand cycle d'Arthur et des chevaliers de la Table-Ronde; l'autre se trouve dans l'histoire du Graal rédigée en langue latine par Walter Mapes, et qui se rattache à la littérature légendaire du moyen âge. Ces deux romans originaux représentent les deux tendances principales de cette époque, l'un la tendance chevaleresque, l'autre la tendance sacerdotale. Les romans dérivés de ces deux sources primitives se confondent dans la suite, se pénètrent les uns les autres, et disparaissent enfin au seizième siècle quand le moyen âge a épuisé tout ce qu'il y avait de vrai et de beau dans ses idées et ses tendances, et que les temps modernes commencent avec leurs tendances nouvelles et leurs idées plus complètes.

Ces romans sont restés ensevelis dans les bibliothèques jusqu'à nos jours, où la curiosité et l'érudition les ont retirés de la poussière pour les étudier et les apprécier à leur juste valeur. Quel sera le jugement définitif qu'on portera sur ces productions littéraires? Disons-le franchement : de nos jours le goût en littérature diffère tellement de celui du moyen âge, que ces poëmes, qui faisaient l'admiration et les délices de leur temps, ne peuvent plus compter aujourd'hui sur le même intérêt. Ce n'est pas à dire qu'il n'y ait dans ces romans de grandes beautés poétiques, ni que les principaux poëtes du moyen âge ne soient des hommes d'un talent supérieur, mais il manque généralement à leurs productions ce caractère du fini qui seul peut assurer dans la littérature un succès complet et universel. Au moyen

(1) Voy. Von der Hagen, *Briefe in die Heimath*, II, p. 503.

âge l'idée prédomine trop sur la forme pour qu'il puisse y avoir une union harmonique de l'une et de l'autre, et que de cette union intime il puisse naître ce qu'on appelle la beauté et la perfection artistique. Aimez-vous les idées grandes et fécondes, la chaleur, la passion, vous les trouverez certes dans la poésie du moyen âge, et peut-être plus fréquemment encore que dans la poésie tant soit peu froide et mesurée de l'antiquité. Mais vous n'y trouverez pas cette harmonie dans les formes, cette sagesse qui modère la chaleur, ce calme au milieu des passions qui font le caractère distinctif et le mérite particulier de l'ancienne poésie classique. Ce manque d'harmonie, qui existe le plus souvent au moyen âge entre l'idée et la forme, est cause que la première tend à engendrer des formes exubérantes, qu'il n'y a pas assez de symétrie entre les parties d'un poëme, et que l'ensemble en est rarement bien ordonné. Surtout dans le genre narratif, l'idée, après avoir engendré les faits, semble les laisser errer au hasard. Aussi les aventures sans nombre, enchaînées les unes aux autres, étaient-elles la partie essentielle dans les romans chevaleresques, et une fiction poétique de ces temps, la personnification qu'on a faite de Dame Aventure, invoquée par les romanciers comme les poëtes de l'antiquité invoquaient les muses, prouve assez, selon nous, que l'on plaçait le principal mérite des poëmes narratifs dans le caractère aventureux des actions et des événements.

Il y a plus : de cette absence d'harmonie entre l'idée et la forme résulte un défaut peut-être plus grave encore, à savoir le manque de vérité et de couleur locale. En effet, à mesure que le moyen âge s'approche de son apogée, on voit s'effacer de plus en plus dans sa poésie ce que l'on pourrait appeler la physionomie individuelle des temps, des lieux et des personnes. Ces individualités rudes et mâles de l'âge héroïque, ce caractère plein d'assurance des héros chrétiens défenseurs de la foi ne se retrouvent plus dans les héros des romans chevaleresques. Tout y prend un caractère général, une physionomie abstraite, ce qui est contraire à la véritable nature de la poésie, qui, comme tous les arts et à l'instar de la nature, ne devrait produire que des formes spéciales, individuelles et concrètes. Il est vrai que c'est précisément dans cette bigarrure de caractère, dans ce mélange des nationalités, dans l'absence d'individualité et de couleur locale que consiste le genre *romantique* proprement dit. Mais ce genre, admissible à certaines conditions, ne saurait cependant pas à tous égards satisfaire un goût tant soit peu sévère. Les défauts que nous venons de signaler dans les romans chevaleresques, ne nous ferons pas méconnaître les nombreuses beautés de la poésie du moyen âge, et ne nous empêcheront pas d'en apprécier toutes les qualités. Aussi osons-nous dire que la perfection de l'art consiste, selon nous, à allier par une synthèse heureuse l'abondance d'idées, le mouvement et la passion de la poésie du moyen âge aux formes régulières et achevées de la poésie classique de l'antiquité.

www.ingramcontent.com/pod-product-compliance
Ingram Content Group UK Ltd.
Pitfield, Milton Keynes, MK11 3LW, UK
UKHW022246070726
13613UKWH00005B/2136